单人成伍

宋剑伍　著

广东省地图出版社
·广州·

图书在版编目（CIP）数据

单人成伍 / 宋剑伍著 . —广州 : 广东省地图出版社，2017.7
ISBN 978−7−80721−681−0

Ⅰ . ①单⋯ Ⅱ . ①宋⋯ Ⅲ . ①诗集—中国—当代 Ⅳ . ① I227

中国版本图书馆 CIP 数据核字（2017）第 180501 号

责任编辑：赵亚敏
责任校对：张超荣
封面设计：罗盘工作室 · 古若琪
封面题字：陈昭庆

单人成伍
DAN REN CHENG WU
宋剑伍 著

出 版 人	郭亚友			
出版发行	广东省地图出版社			
地　　址	广州市环市东路 468 号	**电　　话**	020−87768354（发行部）	
邮　　编	510075		020−87768880（经营部）	
开　　本	787 毫米 ×1092 毫米　1/32	**印　　刷**	广州市鸿锦印刷有限公司	
印　　张	3.75	**字　　数**	90 千字	
版　　次	2017 年 7 月第 1 版	**印　　次**	2017 年 7 月第 1 次印刷	
书　　号	ISBN 978−7−80721−681−0/I · 8	**定　　价**	35.00 元	

网　　址 http://www.gdmappress.com　http://www.gdmappress.cn
本书如有印装质量问题，请与我社经营部联系调换。

邓维龙　广东省人大常委会原副主任、珠海原市委书记

秦建中　广州市海珠区书法家协会主席

李世玉　广东省传统文化促进会会长

前 言

很开心，《单人成伍》得以出版发行。

更开心的是，您能拿到这本诗集。

作为人民和生活的代言人，对社会有一定的责任，写诗就是传道、释疑、解惑，为社会做公益。

当然，只有少数一部分人会喜爱诗集，喜爱这部作品，如果您真心善待诗集，认真阅读文字背后隐藏的道义，我认为，这就是对作者极好的尊重，我们将保持亲密的友谊。在此，对真诚的阅读者表示感谢！

很多人对诗人和诗意持有冷淡的态度，确确实实，诗人应从生活自身或作品本身寻找改变这种情况的方法，寻求诗在艺术上的突破。

绝不能让诗的光明冷淡！

绝不能让良心和正义灭亡！

绝不能让诗走向平庸！

仁者爱人，道者成道！

人民和生活永远是我诗的主角，弱者和苦难永远是我诗关注的对象。

这就使得我的诗出于关爱，奔向光明与正义，也就形成了诗道！

诗道，为天下之道，爱国为民之道。诗道，必须有精神的感召力。

《单人成伍》就是希望每个人都能脱离孤单，找到属于自己的队伍。

宋剑伍

2017 年 7 月

目 录

‖卷一 永恒的爱‖

‖卷二　生活百味‖

‖卷三　诗以载道‖

‖卷四　闲时雅诗‖

‖卷五　社会百态‖

卷一

永恒的爱

美丽的姑娘

在南方古老的林荫道上
走过一位美丽的姑娘
姑娘曼妙的身姿
给我留下深刻印象
她一定有好听的名字
和善良的心肠
啊，姑娘
我要把我爱的诗向你吟唱

吾爱

那风里还夹杂一丝雨的味道
那月光还想象着阳光的微笑

那一天万花盛开
只为迎接你的到来

站在阳光下
你说我就是阳光
吻在风里
你说我比风还亲切

我闭上眼睛
想象着这有多少可能

邂逅

和你的邂逅
带着一种孤单的离愁
我们的脚步各自东西
我却不知道你的名字

路过你的世界
我好奇地进去窥望
越走越深
竟然无法回头

脊梁能体会到心的紧张
毛发能自然笑对离散
邂逅是一种孤单的相撞
而我想笑着面对你
让你觉得我是个男子汉

我想在你眼里是个温柔斯文的人
我想送你一朵玫瑰花

我是一支蜡烛

我只是一支蜡烛
发着细微的光
点燃的是我自己
留给世界的是光明
我的火焰就是我的眼睛
哪里有黑暗就燃烧到哪里
我的温度就是我的内心
到哪里都是一支不倒的蜡烛
小小的蜡烛
照亮大大的世界
不倒的蜡烛
做着成为太阳的梦
梦里有风车托着蓝天
那里的太阳
有一大片蓝天

心似小狗

我的心就像是一条小狗
露天在雨里泥泞
不需要有人认领
我能一步一步回去

回到简简单单那里
回到无忧无虑家里
偷吃主人粮食
还被主人抱起

致徐志摩

同样怀着真与诚
同样是诗与诗人
世人和幸福造访过你
我只能用血与肉筑起抵御世俗的
长城
诗再也难以打动人心
你却拥有过纯真和向往
才女也嫁给你
我只能提着屈辱
弯腰上路

含蓄

放低脚步只为不吵到你的安静
轻声呼吸也不敢弄痛你的空气

你的身影若即若离
我的心情总是晴中有雨

你的温柔洒落一地
我的含蓄总是开不了口

痛恨时间的嘀嗒声
而我仿佛还是那么淡定
我又痛恨自己
淡定如木偶
只好乖乖地含蓄
安静地
不吵醒你的美丽

啤酒瓶

不是人人都付出真心
大爱只是水中月
天上划过流星
半夜床上空无一人
啤酒瓶倒了，哐当一声
吓跑了一只老鼠
思念如烟，寂寞如火
两般皆折磨人
音乐是个好东西
能让敏感变迟钝
敏锐的双眼
打量着寻觅着一丝温馨
可惜，手机的电量啊
就是不听话，只剩余百分之一
还是未等来她的出现
那么，神啊
让我转运捡到十元钱，多买两瓶啤酒
可好

想念雪的风

风从不说再见
转过身，又见风动
心从不说相拥
突然间，打碎了感动
茫茫天地两个人
不是有缘不相见
纵然相见不相识
相遇又擦肩
风起时
徒然增相思
纵然从远方到眼前
雪要走
怎挽留
风抬头不见雪
眼中有泪转不停

姑娘的皮肤真白

哪里有月儿发亮
哪儿有姑娘慈祥
阳光每天懒散地射下来
把高楼的阴影拉得悠长
报纸上发着麻木的声音
真话在心底溃烂沉寂
姑娘的皮肤真白
脸上洒满粉尘和烟雾
美丑从此不分

无奈

我的眼渐渐不济
总是对不仁麻木
我管不了苍生
管不了天下
管不了左右
管不了自己
任无助、无奈缠身
任不忍在心底冻结成冰

我寻找着世上的良药

我寻找着世上的良药
不治疾病
治人心
我翻寻真知良言
不靠巫术
靠良心
瓶子打碎了
一地的渣刺痛我的双眼
如果谎言谎话假仁假义
铺天盖地，迎面而来
我又去哪里找那么强力的灭谎器
我的诗，就是好的灭谎器

过去、现在和将来都会闪光
像萤火虫闪在夏夜
像孤单的小星星闪在茫茫无穷的夜空里

文化人

善良，曾经多么庄严的品格
也变得迷离落魄
琴棋书画的艺术跌落
再也跳动不出满街的热闹
杰出的画家
生前郁郁寡欢
死后遗作价值连城
多少文化人
活着没看到日出
死后却成了太阳

坚持

一首歌，谁为我吟唱
一首诗，谁为我珍藏
就让艺术无光
世俗如狗
我嘶哑的喉咙
走调也要歌唱
我颤抖的心底
海枯也会动笔

幸福

拖着一张皮
世上走一遭
不求世俗高看一眼
只求春风拂面
女人如花

我悲情地等天亮
枉然动心决然动情毅然动笔
除开单身和流浪
我真的幸福、美满、无求

是非不分

我写不出虚伪虚情虚假
我被真善美套牢
却不知牢中的是我
真善美在花花世界
我以为正邪各有分界
可世人却连基本的是非黑白
都已分不清

不特别的一生

太阳追着火车跑
年纪追着人生跑
青春越去越远
记忆像老去的房子
布满灰尘和历史
一翻开
化作虚无飘向深不见底的黑洞

原来，消失才是未来
未来才是失去
过去化作记忆和虚无
反而被牢记
拥有的迟早不见
不见的化作回忆
轮回，相反的轨迹
历史向前
生命向后
诗与诗人，在中间
前后为难

致爱情

一个馒头
分两块
你一块，我一块
一张单人床
两人睡
你一半，我一半

春夏秋冬如流水
平平淡淡走一遭
世上岂有后悔药
爱情不修变单身

看着别人一对对
也曾羡慕也曾惊
老大不小无合意
满肚愁肠打成结

谁叫诗书生落寞
诗人空怀家国梦
一副沧桑萎靡相
苦中寻乐挤笑颜

遗世独立寻佳缘
哪有娘娘报许仙
痴人说梦求知音
世上从此无才子

风来风去风不停
雨来雨往雨无意
花开花谢又一岁
水流水逝总无情

一身才情书做伴
颜玉因何不出来
万箭穿心只如此
坚韧不屈种有心

爱本绝冷少根柴
情本绝缘缺把火
柴烧火旺心更冷
烈日炎炎像过冬

人性如鸟觅知音
不枉一世来修行
得道只为育大爱

大爱不若一人爱

一个馒头
分两块
你一块，我一块
一张单人床
两人睡
你一半，我一半

足够

你给的温柔
只剩下残留

我继续写我的诗
你继续追逐美丽

一杯水缓解了口渴
一个吻解不开心愁

一夜春风
吹得心痛

一个眼神
已然足够

一叶一世界

爱情从一个偶然开始
走向不确定的结局

世界从一片树叶出发
体验生生不息

风悄悄地入定
雨渐渐地入心

人生如叶作舟
心如大海远航

大千世界一片叶
人海茫茫一颗心

风雨同路
冷暖与共

单人成伍

胡子向往另一种生活
春与冬隔着一个心魔
幼稚走远了
烦恼上门了
说不出我爱你
给不起遮风挡雨
路是那么消瘦苗条
只容得下单人成伍
我还有梦，趁着月光
心还能再开出花朵
我还有爱
和着啤酒
还能再写一首
坚韧的诗

向往

树叶与阳光的爱情
敌不过一个人对温暖的向往

向往，两个人，一把伞，雨在上
温暖，原本简单
按时吃饭，有一张床

尊严，挂在树上
世界，风平浪静

想念

想念是一种痛
谁愿与我一世相拥
寒夜中
思念生烟
心内着火
低一低头
花草丛中苦寻有缘

想念是一种错
不见开始
只见结尾

巨蟹九章

（一）执著

他走到看不见的远方
避开阳光刺眼

他放下双手
用温柔取代武力

世界那么大
他固执地寻找一处栖息地

他放下了一切
连自我与自由全都抛弃
只为了追逐心中的
一个梦想

（二）戒备

月亮是大地的情人
月光温柔地洒在海滩
巨蟹爬了出来
两只眼睛左右扫视了一下陌生的环境

他静悄悄地观察着
脑中飞快思索着应对之法

他举起钳子又放下
放下又举起

然后，一头向海滩走去
他喜欢宽阔的胸怀
那里可容他静悄悄地想问题

（三）细致

世界上最细微的特别
都令其欣喜

阳光跳动了一下
快不过其双眼一眨

其观察入微之本领
更是与生俱来

其因感动而生情
亦因执著令他人感动

其心思纤细
极易左右不定

对其唯一可行之规则是
爱

（四）害羞

他不知道如何开口
才能避免因主动而受伤
用害羞来形容并不准确
他只是被困在感情的旋涡里

他的内心只有一个出口
通常他自己无力找到

所以，她的博爱与宽阔
正是通向他内心唯一的入口

（五）专情

呼哼哼呼啦啦
有了盔甲啥也不怕

若是遇见天生注定的她
眼睛里也闪出光华

若是她也中意于他
他会把生命交给她

若非天生一对
他宁肯失了双手也不接纳

（六）忠心
别人比他高，他不介意
别人比他帅，他不介意
别人比他幸福，他不介意
他介意的，只是
她在不在意他
他需要她时刻在旁
才不至于失却安全感

（七）安全感
一只钳子断了
还有一只

就算两只都没了
他还有月亮

安全感没了
他也就没了

他是自己内心的主
也是仆

（八）温柔

其背弃了自己的天性
为了一个誓言
又因为她一个微笑
再次回到了原初
其相信我爱你不如
我不离开你
更动听
其相信
我爱你
这句话并无太多意义
其奉行
说不如做

（九）迷惑

她一个微笑
却掀起了惊涛骇浪
他小心翼翼
宁愿孤独亦不愿主动
作为一只柔软的蟹
他对待感情始终吃力

神啊，让她过去吧
从他的脑海里

心里

你在哪
在你怀里
我怀里什么也没有
那在你心里
你什么时候离开
那要看你，要留我到什么时候
那我在你心里吗
我心里没有你
你心里住着谁
太阳、月亮、星星、大地、海洋、人类、花朵……
有没有一个具体的人名
有，她没告诉我

今天，我只爱你

是什么打扰你昨夜安然入睡
是什么阻止你脸上长出阳光
是一颗星星失信毁约
是一粒种子错喝了忘情水

大多人被你艳艳的口红吸引
今天，我只爱你
忧伤的心情和呆萌的表情

生活还有幻想

爱上一个人的天空
即使没有彩虹
爱上迷离的夜
就算只有黑暗
心跳只为了那个特别的女子
念念不忘与犯傻全因为心里从此认定她

好多次心中泛起温暖
只怕突如其来的好运又是假的

窗台长满阳光
生活还有幻想

单身

单身许是最好的状态
可以写下一屋子的幸福
没有两个人三个人四个人的计较
没有两个人三个人四个人的烦恼
一个人吃一个人睡
一个人向远方默默说你好
一个人战斗一个人被打倒
一个人和地球一起变得渺小
单身也没什么不好
只是无声无息太久没人知道

国王

那彩虹只属于天空
那王后只属于国王
若是有人想抢走我的彩虹夺走我的王后
我是天空定下霹雳
我是国王定起战争
那星空只属于我
那大地只属于我
一切归于安静
一切起于安静
若是失去星空和大地
上帝又在哪里
你和我又在哪里

光明

温暖的人给人温暖
光明的人将人引向光明
现实给人压迫
绝望教人懒散
生活，开向远方
感动，源自诗章
人生如登山
唯爱长久远

卷二

生活百味

裸

扑面而来的冷风
该有多凛冽
十二月的天气
打败了拖鞋、短裤
却在连衣裙上败了北

姑娘该有多伟大

岁月

岁月如失控的野马
把热情踏为平地
举起一盏空杯
谁又将烦恼喝尽

年年繁花似锦
处处娇艳欲滴
岁月啊
唯独你无忧无虑

理想

每个人都应该为了理想
每天每时每刻
贡献自己的辛勤和努力
为了理想
放下心中的笔
为了理想
放下自己的喜欢

抬头望天
低头走路
不时和过路的陌生人
擦肩而过再不相逢
一直不停下脚步
向前
向前

狗

在这里，我最避不开的是狗
我知道，我不能和一条狗比
我是说，一条狗望着你
吼叫或瞪你
之前
就把你悄无声息干净利落地打败了
这就叫，人不如狗

如果一条狗望向你，向你百米冲刺
我只能说，你完蛋了
它发情发到你头上啦

还有一条狗，这样的一条狗
不望你，不吼你
等你走近了
才猛地咬你

最可恶的狗，是走狗
在坏人后面
用力摇着尾巴

路边

在路边
一些闲言碎语没完没了
蒸干了我心里一点一点的潮湿
在一群乞讨者中
最称得上行为艺术家的大师
每过一个路人
就叩头五个
他的热情不止
他的泪水不息

上天每向人间撒下一粒冰冷的种子
苦难就在路边发芽一次
善良是乞讨者一生的行李
乞讨者一无所有倍感孤独
路人口中念着阿弥陀佛
心里想着眼不见为净我看不见我看不见
苦难与无辜一无是处
原来，大家都是明白人

二十二岁

妈妈说
失恋也没什么
大不了一个人过

用太阳般的心情寻找
寻找属于自己的缘分
不能报复只能原谅
以此来证明自己很勇敢

如果得不到爱情的归宿
我宁愿到老都保有一个美丽的童话

咖啡加糖

太阳下山了
孤独敲开了我的心门
我拿什么去远望
头上并无星星和月光
夜，很沉
人影稀疏，我唯一的甜蜜来自一杯
咖啡加双倍糖

别离难

别离，是历史拉不回的牛尾巴
有人在我背上加上一鞭
我就这样冲着未来去奔跑
直到气喘吁吁、大汗淋漓
人生还有几次得意尽欢、西装革履
激情一天一天被风浪抚平
无聊就这样一点一点埋进我的骨里
我被花花草草无视
被太阳星星屏蔽
被高房价的生活拉进黑名单里
我来到新的地方
路过传说中一个叫天涯海角的危险之地
揭开我的心
里面全是别离难

大树与小鸟

静静地，一言不发
也好过和一个笨蛋咬舌半天
我不是笨蛋也非大树
我是一只小鸟

树上一只小鸟
边飞边叽叽喊
人类，我爱你
多么可爱的小鸟
远比女人亲切

我以为

我以为跺一跺脚，就能一飞冲天
我以为转一个圈，就能化身为龙
我以为种一棵树，就能招来清风
我以为一路追梦，就能最终圆梦
我以为远离世俗，就能魂安体内
我以为天天向上，就能笑傲江湖
我以为吃下钢筋，就能金刚不坏
我以为送出祝福，就能收获美好
我以为头顶太阳，就能心情灿烂
我以为了，一年又一年

我从未屈服

黑暗之渊，有爱之灯
指引我向前
我从未屈服，在困难面前
黄昏来了，星光也会来

日子悄悄溜过指尖
偷走我的灵光，剥削我的梦想
我的诗生出畏惧，对冰冷高度过敏
再也写不出，什么是桃花源

狂风吹散我的发
暴雨淋湿我的身
忧虑和哀伤削瘦我的骨
我从未屈服，在困难面前
冬天来了，春天也会来

长胡子的老头

阳光下
银须闪闪
长胡子的老头
放不下手中的锄头
太阳下山了，老婆婆催了
还不肯走

灯光下
长须飘飘
长胡子的老头
晚上爱讲故事
村里的小孩都来争做他的听众

长胡子的老头
有话不能说，也说不出口
老朋友一个个西游
长胡子的老头
一天五斤三两白酒
酒到百念无
换作心中片刻轻松

受伤

我的眼光已不再澄明清亮
我的心腔比往常更觉孤郁忧伤
没有一人带来远方的讯息
网络里尽是无聊的新闻

世人不再欢迎陌生人的问候
只在朋友圈交际寒暄
我的世界走不进女子的阳光
是因为她的心早已被附近的人伤透

微信头像端庄大方
圈内动态情深似海

见过之后惊觉上当
熟悉之后不想熟悉

现实里，我抓狂成瘾
只为等一个相似的人
说一句久违的话

一辈子，一个人

每一丝冰冷的呼吸
分析出另一种人格
心上树一株株被砍伐
天地无限，一片人烟绝迹
一辈子待在一个地方
枉然动笔
枉然动心
你用一生，买美丽
我用一支笔，写有心
曲动曲静，缘聚缘散
不是相思惹相怜
就是相见不相识
哪有才华才情傲气傲骨
尽是高冷高绝咫尺天涯
一个人，一辈子
一辈子，一个人

逆流的鱼

我想做一条怒吼的鱼
在水里痛快飞跃
我想乘着暴雨泪眼婆娑
一点也不想把身体献给冷漠

那就一人上路吧
绝不被无助吓着
也不将希望遗落

我就是我
永不熄灭的烟火
谁也无法把我熄灭
我醒着
就在探索

我想做一条自由的鱼
在水里欢快游弋
我的双眼布满黄昏
听见你在对我说前方有路

那就挣脱一切枷锁
不理会杂音繁多
不在乎逆流独自一个

我还是我
永远年轻的我
谁也无法将我驱逐
我的热情
似乎很多

我

桥上站着很多个我
微笑地望着桥下的我

一个说，坚强，很快一生就过去了
一个说，别急，你的一生还很长
一个说，别怕，不就是怕冷么，每个人都会
一个说，你做得很好，你做到了。祝贺你
一个说，总有人懂得珍惜你，我就在你身边，直到有人代替我
一个揉了揉我的脸说，真可爱
一个拍了拍我的背说，累了吧
一个捶了捶我的胸说，做得不错，继续努力
一个用力点了点头，什么也没说

我听见了你们的声音
看见了你们心中的善意
我知道我欠你们一个谢谢
谢谢你们
谢谢自己

焰火

我走过了一步一步
与每一条小河相遇
到达一座座高山
越过冰川与深谷
每个地方我都心生敬仰
世界除了浅薄
还有阳光、星空、轻风、梦想与远方
我用执著让希望不冷
用热情搭建起对生活的自信
我本身就是一团焰火
燃烧在前进的路上
直到黑暗将我吞没

生活两面

你和阳光交流
阳光就住进你的心里

你拥抱黑暗
黑暗就住进你的心里

活着，是多么来之不易
死亡，又是多么轻而易举

我还有一支笔，彩色的内心和绝望的剃刀

我写下文字
把秘密种在纸上
笔是我最好的朋友
诗是我唯一的恋人

天上也许有星星
也许一无所有
我只有抬头
才能看清远方

温柔是一颗糖
迟早会有女子抢着吃进嘴里

生活从早到晚
生命从长到短
无论贫穷与富有
男人每天都得用剃刀
割断一脸的茫然

绝望是世俗
只看好干净的脸蛋
而胡须
让一切远远躲藏

孤独的星星

夜空中我是哪一颗星
数十亿庞大人类
每一个都是那么孤独
我无法温暖一座城市的迷茫

也无法用语言医治
早已黑白不分的夜空

事实上，我只能给出一句
活着才能去到远方

还礼

还有一百零一种结局
就在此刻，把风拥在怀里
把爱牵在手心

你走在熙熙攘攘的街头
像一棵小树走在迷雾的森林
幸福写在每个路人的脸上
你数了数一共有一百零一棵树
向你举起虔诚合十的双手
还礼

我在阳光里找呀找

生活里洒满阳光
我在阳光里找呀找
找一个阳光明媚的下午
找一个四季如春的姑娘

城市里星星与我捉迷藏
我在人海里找呀找
找一盏不灭的灯
找一颗不畏山高的心

诗人这座高山
让多少姑娘望而却步
生活里洒满阳光
找呀找一个好姑娘

冰凉

我也渴望拥风入怀
在这冰冷又炎热的夏天
蚂蚁都活得自在
人老得比高铁更快
谁也猜不透
人心为何比冰块还凉

他说

他说，他的心里也有一片草原
草原上到处是牛羊
如今荒芜得寸草不生
他说，他也有过梦想
如今他左手扶着老妈，右手牵着老爸
他说，他也有过眼泪
幸福当是所有感情回到最初的原味
如今他再也流不出一滴眼泪

一个年轻乞丐的一年四季

初次见面
你斯文地戴一副眼镜
约莫大学毕业的年纪
背着一身的行李坐在麦当劳门口
不知你是否已看清每一个路人的脸色
和神情

再次见面
你坐在麦当劳一个安静的角落
有如文殊菩萨念经
一位顾客吃完刚起身
你便把他喝剩的半杯可乐
利索又巧妙地移了过来
我明白了，你不是以拜佛为生
也不靠信念和尊严而活
全世界有多少间麦当劳
又养活了多少个你
世界最大的寺庙
离每个凡人竟是如此近

再在以后的每次见面中
你换上了性感的红裙子
不过这装扮更适合女性

你的眼镜片也裂了一个大口子
是不是你的心也跟着裂开了
你居然还戴了一个红色的胸罩
我终于还是忍不住醉了
大热天的你为什么不干脆脱了那厚外套
你一年四季背负的又是什么宝贝行李
我真想打开探个究竟
但我知道你绝不允许

现在每个人都明白了你是谁
却全体假装看不见你
你果然还会隐身的
无论你是谁
你依然年纪轻轻
身上并无半点邪气
只要洗一个澡
换上一身干净的衣服
你还是毕业证上那个帅气的你

花儿是否开心

我自来时而来
忘记了相去匆匆匆
风走了一年又一年
阳光的模样依旧朦胧
我举起双手　合十
再次对着陌生的苦难　哀伤心痛
一株株老树　还剩余多少英勇
与寒风冷雨浴血撕斗
高贵不是忘记渺小
成熟也不是拒绝幼稚
人生只是一个未知
走时　我只惦记
花儿是否开心

生活

其实，生活本没那么精彩
翻烂了理想
也没找到黄金屋
理想是一回事
生活是另一回事

生活如酒（一）

泥土眷恋着花的芬芳
美好的女子让男子痴赏
我不是阳光，滋养不出你要的花香
你不是酒杯，装不下我要的理想
世界多变，抬头凝望一片天空
夜空冷冷，令美丽无法入梦
我就躺在孤单的怀里，和衣而眠
一杯啤酒正大口喘着粗气，深情地望着我说
你还在等什么，快把我一口吞下去

生活如酒（二）

我爱喝啤酒
心事在酒里酝酿
写一首诗
之后石沉大海
岁月怀念过去
一阵风想念年少的骚动
从前恋爱两相情愿
如今单调一成不变
惶恐，生活如酒
百般有气
想不通酒喝一口
想通了酒喝一夜
酒似水，人成鬼
最后
不顾一切，醉了
醉了，不顾一切

朋友圈

逐个字逐个字
描绘每天心思
一秒钟又一秒钟
等待阳光光顾
最笨的表白
是发一条动态
在她的朋友圈里点亮一个红圈
每天一个红圈
是我最深沉的呼吸
就算全世界向我关灯
我的诗也有心寻觅
朋友圈
是多么刻骨铭心的孤独
爱情
是多么痛彻心扉的无语

我在南方很好

我在南方很好
刚躲过一场大雨
这时光青春
我的青春美好
这生活灿烂
诗人想着远方
我有一个女朋友
她的气质优雅
我有一个梦想
希望世界和平
这世界奔腾着
我的名字从来没人惦记
精神里我是个伟大的国王
生活中，我的国度只有自己
哪样的美好适合一个诗人
哪里的阳光不往表面照

尽兴

我没有眼泪
好多年前我就已将眼泪
当给风雨
没有人懂得我的理想
没有人欣赏我的善意
好似太阳在天上
所有人都认为理所当然

要是有一天
星星不见了
人们哭了
就开始怀念月亮和大地了
要是失去了良知与诗心
任凭虚伪与势利将弱者踩在脚底
活着是否早等于死去
存在是否早等于逝去
此种人生
又有谁想去尽兴

卷三

诗以载道

风起笔动

没有风
怎么写诗
树叶不动
河水不流
我的文字也跟着停顿

啊，远行的客人
歇一下脚吧
让我打水为你洗去脚上的灰尘

我是一个写诗的人
风起
笔动

诗歌

写一首最动听的歌　歌里全是我想说的话
如果你喜欢跟着唱　唱出你全部温柔动听
这首歌里有我的心　心情激动写真挚声音
有没有人陪我一起　一起听这首动人的歌
写一首最真挚的歌　歌里全是最动听乐曲
看不看得懂都喜欢　喜欢这首歌唱的感情
我只是个写歌的人　再普通不过的一个人
等卖火柴的小女孩　买她手中小小的火柴

诗道

诗道，天下之道
诗人，爱国为民
正义，诗之本
非正义，无真善美之诗
如花般美，如剑般直
诗中深藏大学识
诗中自有大家大师大风范
可无酒饭，不可无诗
可亏本钱，不可亏道
遇诗礼诗，遇道敬道
道化万物，诗生天下
心者，诗心
人者，诗人
道者，诗道
是为诗人
传诗授道

关于中国的诗

中国中国
我写了太多关于你
你的忧伤愁肠噩梦清高发烧胃疼冷汗
那么多，没完没了

我不想在 21 世纪
还要像梁启超孙中山鲁迅毛泽东这些伟人
这毕竟是个人人享受的年代
不再战火纷飞
国家大难民族大义
怎会落到我头上

污染让中国遍体鳞伤
钱权让斯文扫地
贪图享受，永恒的国之罂粟
思想禁锢，政基动摇之协犯
我知道得太多
所以流汗

和平年代
热血被平庸蒸干

我没什么特点，就是太爱国
为这个国家
与这个世界格格不入
我知道得越多
汗流得越多

我多么平凡
左手为国
右手为民

诗人的诗

自然有一种力量
穿透胸膛
自然有一种声音
直达天堂
诗人的想象
从来自成一格
诗人的胸怀
从来豪迈雄壮
诗人的歌声
从来深刻难忘
任时空悠扬
诗人的诗充满力量

诗集

多么令人感伤的时节
小树被风轻松压弯
多么令人胆寒的时刻
无人抚平亲人的忧伤
连蚂蚁都活得比诗人自由
连冬季的冰块都比诗歌温暖
你满腔的热情被黑洞吸干
像没有萌芽的种子
撒在冰冷的水泥石板上
我满腔信心为祖国呐喊
我满腔热情为祖国抒情
却得到一个大大的但是
诗集要何去何从
树叶飘落
诗意跌倒
人生的繁荣
你没有
我也没有

一首诗的温度

家
在看不见的地方
城市
只是一名路人
灵魂，迷离在烟里雾外
可乐加冰都比心暖
不是一无所有
让你谈不起一场炽烈的恋爱
是你的流浪让女人止步
无人欣赏又如何
你吃着剩下的汉堡和可乐
任凭一切幸福感膨胀
幸福就是空无
空无就是幸福
你这样安慰自己
以此为念
坚挺活下去
人影消瘦是流浪的必备品
一副廉价的眼镜
斯文固执地架在脸上
仿佛十年前
你上大学的模样
人才如狗

睡在地板上
睡在汽鸣旁
地板很冷
冷过你的心吗
冷过贫穷的结局吗
越秀是制造幸福的城区
应元路也有着诗意的名字
多少流浪者席地卧居
一待就是一年
善良的眼光
令人永世难忘
无奈的境界
让人感伤
一首诗，没有温暖
只有文字，关注着生死
一切并不足够，也不完美
也许明天
“我”也和你一样
“我”又是谁眼中的斯文“流浪汉”
不是你一无所有
是一首诗，没有温度

诗意

写不出苍天的白
画不出彩虹的光
手心里一把冷汗
替晴天感到荒凉

说不出一生相随
不保证一别会再见
眼泪偷偷在眼眶里溜达
诗歌医治不了是非

一座拥挤的城市
冷漠是人心最冰冷的伤

寻求一片诗意
医治各自的哀伤

风

一首诗，被风吹倒
头破血流，无人来扶

一支笔，跌落地上
鬼哭狼嚎，无人援手

一切站着的
风都要吹倒
在风的眼里
只有点头哈腰

一切坚硬的
风都要折服
在风的眼里
只容得下软骨头

大道无疆

心绝尘，所以心轻
身绝尘，所以骨轻
心吹清风，身生道骨
身在心外，心在道中
不生不灭，大道无疆
出世入世，道法自然
人生如剑，单人成舞
安静独立，绝尘绝缘
古今中外，遍寻大道
清静修悟，治世安邦
翻山越岭，只为求真
我在山上，山在我心
不念山在山中，心在山山外
何须出世入世，道法自自然

诗

一个句号是首诗
一段距离也是诗
一次分行
便在心里写了个大大的涟漪

伤悲

夜不要滴泪
风不要伤悲
大树不要沉睡
小草不要孤独

忧国忧民的诗人，习惯了借诗抒怀
花开花落的季节，忧思总在半夜醒来

无知者传播无知
低俗者迎合低俗
两个世界让我低头
一个是过去世界
一个叫未来世界
也罢，哈哈
我不是女娲
修补不了四分五裂的人心

求道

也曾无名遍寻大道
也曾无助雨中赶路
世俗中
冷眼如剑
割伤每一寸自尊

我要的，只是别人不要的
我做的，只是别人未曾做的
如此，也好
我的理想，不为了舒适而生
我的目光，不为了衣锦还乡

我自有大道在前
世态炎凉又与我何干
独木成林，单人成伍
世人追逐幸福
我奔向远方

来过，就要一身干净
走过，就要一生感恩

从虚无中破空
在苦难中悟道

得道，是一种美
修真，亦是自在

寒暑易替，弹指一挥间
大海茫茫，一船轻摇过
源头活水来相汇
有缘千里寻菩提
道在灵台方寸山
心在斜月三星洞
三星，一心护苍生
一心，为天下
一心，除暴权

一首诗，一座城

我在南方的心脏
写诗
为每一朵花抹上诗意
为每一滴雨注入颜色

我在城市的街头
写诗
为每个细菌搭配伴侣
为每个螺丝找到知音

我在地铁公交上
写诗
为每个梦想插上翅膀
为每个弱者送上希望

我的诗里住着
一个伟人
他想着用诗医好人心

人心，容易受伤
城市，也易迷离
诗是那普照的阳光
诗是那解渴的清水

喝一口风，风里有温柔善意
写一首诗，诗里有感动常在
一首诗，顶天立地
一个人，有情有义
城市，有福
诗人，有礼

写诗就是做公益

每一个热爱写作的诗人
都是活在阳光下的天使

每一个将诗稿送给国家的人
都有一颗做公益的心

无论眼前时代如何待诗
诗人总想着爱国为民

谁也不是小丑
只是国家需要诗人

谁也没有两条命
只是活着需要真理

一座城，一个人

天上砸下大盆大盆的雨
是祖国在给这座城市洗礼

人心啊，呼唤正义
城市啊，呼吁诗意

我来妆点妆点生活
用一首温暖的诗

雨把诗人淋湿
诗在心底成河

不知雨冷
还是心冷
不知雨在泪中
还是泪在雨里

城市，何时为诗人打伞
生活，何时为诗人添衣

在这座城市面前
我内向地说不出话
像个孩子
也像个陌生人

爱国为民

写了一辈子的人心
爱了一辈子的人民
到老了
只剩下一支笔和泛黄的诗集

关心了日月风雨花鸟虫鱼
传播了礼善仁乐诚信孝义
到头来
一个人走在寒风里

在人生的百年大道上
我背着一身的行李
里面只有一本《爱国为民》

文学的国度只有国王

音乐陪着我
从晚上七点到十二点
期间，我做好饭菜，烧好开水
洗完衣服，跑完步
把自己服侍得像个国王
我却不知哪个环节出了差错
这个国王那么孤独

十年

我走过高山，留下一路跋涉的脚印
我的脚步向上，一路直达山顶
雄鹰在上空盘旋
它不明白，这么简单的上山
怎么可能需要十年
这个十年
是对希望的眷恋
是对丑恶的审判
是对爱国为民的信仰
生活怎能没有梦想
有多少泪光闪在脸庞
就有多少感动值得不忘

致诗友

总有一种目光，穿透天际，直达信任
总有一种关系，划破血缘，超越俗念
总有一种存在，不尊钱权，社稷为先
总有一种人生，洗尽磨练，迎来红艳
总有一种力量，扶持清源，抗击慵邪
总有一种道义，握在心田，击掌向天

你从不读诗

我在一切自由的时光里
跳舞
哼唱
和星星秘密交谈
请星光问候远方

太阳是我永远的旗帜
日出而升日落而降
一切有序安然

我闭上眼
就想起了你从不读诗

诗的精神

一个人活着是为了另一个人活得更幸福
这个人是母亲
一个人活着是为了另一群人活得更轻松
这个人是诗人

诗不能变成苹果和馒头
却能变成阳光和空气
钱能买来食物和舒适
却买不来诗意和学识

黑夜来临
唯有诗与光明不朽

致太宰治

相比梵高
你正常了不少
虽然同为自杀
你比海子幸运一百倍

或许不幸运才是一切艺术的共同属性
死亡不是艺术的选择
只是生活的选择

同是天涯沦落人
何必寻死也约人
你大可以一个人上路
走得孤单
死得壮哉
却连死亡这种事
你都要有女人为你壮胆

注：太宰治（1909—1948），日本小说家。1948 年 6 月 13 日深夜与崇拜自己的女读者一起投水自杀，留下《人间失格》等作品。

我想给每个人写一首诗

我想给每个人写一首诗
用一首诗去打听上帝的旨意
我想对所有人发一条微信
没有诗人
理想就会死亡
我还要竖起我的旗帜
为每一个苦难的灵魂摆渡
不要问起
我的名字
权且叫我
诗人
没有慈悲
诗人就会死亡

致诗人

你关怀每一个弱者
你消解民工的苦闷
你安抚人民的不安
你比夏天还要温暖
你得到的只是一句
爱慕虚荣

诗的国王

岁月冲走了他小小的自作聪明
把每一次春风得意变成狂风暴雨
在飘零的身体里，住着一颗敏感的心
对着理想信念至死不渝
时代变走了他的星星和月亮
给生活搬来冰冷和灰尘
大路上，车在呼啸
一辆一辆冲进他的梦里

他把生命献给祖国
把关怀送给人民
把一切美好留给以后
在日记里写下无人问津的好奇
在朋友圈里发明另一种真理
在太阳底下展现真实的自己
用诗歌劝说黑暗放弃前进
用顽强和毅力击退冰冷
在诗里
他是真正的国王

喜欢你

没有一个字
从笑着到流泪
我看不清
一首首诗没有生命
我喜欢你
你胜过一千个汉字
而一千个汉字
可以组成一万首诗
一万首诗里都有你
都是你　都想你
没有一个字
装得下大写的你
没有一种人生像你
九百六十万平方千米的宽阔胸襟

诗人（一）

一直走路的人
不欣赏一朵花
一直走着的人
不爱一个人

自然的路延绵到思想
就与生活有关
与钱权无关

一路向前的人生
是值得深思的
孑然一人
才被一路的花铭记
被一路的读者爱戴

诗人的脚步
不停则前
做一介诗人
努力为文
不争　不鸣

诗人（二）

蝴蝶必出其右
花香必出其左
中间是一条光明大道
一个人忘情地走在前方
忘记了
他
并不是国王

路灯为你而亮

我起来
行走在街上
把每一盏路灯的名字点亮
让无家可归的路人
不至于连走路都没有灯光

生活是一首诗

生活是一首诗
思想在奔走的路上弹琴
一颗星星流浪在天上
我的心里装着方与圆

翻过不会跳舞的历史
昨天的阴影依然还在
总有一丝儿的希望
引诱我的情绪

对面是一幢幢高楼大厦
看不到美与远方
要翻过多少座冷漠的人墙
才能看到百花齐放的美景

生活是一首诗
也许与酒无关
却在有心与无心中
盛开好大一片云彩

唯有平庸不可原谅

凌晨，一个人背着行李
任凭寒风刺进肺里
孤单，打败了理想和尊严
把落魄穿在了他的身上
一个人还剩下多少坚强
才能对一座城市的冰冷
无数次报以原谅
活着是多么宝贵
唯有平庸不可原谅

诗歌之死

一首诗歌被推上了断头台
连行刑的过程都成了机密
勇敢　正义　真相都躲了起来
自私　贪心　无知走上了街头
光明就是黑暗
活着就是死亡
我写下这些文字
只为了纪念远去的诗歌

致所有知道我名字的人

好一个时代的诗者
扛着远超身高和体重的责任
可惜风停了　雨来
雨走了　日晒
连天气都为难人类
更别提生活的拮据和苛刻
每一个普通人都渴望平安幸福
诗者却在为人类的春暖花开
无数次举头望月

自白

我不是一个平庸的诗者
要为弱者写一首关怀的诗

在我的诗里
除了火焰还有人类

那些宇宙的事比起一个国家
那些真理比起一场人生的享受
实在遥远又伟大

一首首诗在全力治世救人
总有一天我的名字只与关怀有关

卷四

闲时雅诗

乞讨老妇人

崎岖的路上
总有不平凡
继往开来的霸业
不缺少人死不能复生
连狗都怕的炎热天气
乞讨的老妇人所求为何
密密麻麻往来的人群
急着一闪而过
在城市一个普通的角落
垂直的阳光和恶毒的天气
晒裂了一只乞讨的碗

绝不是

我鼻孔里流出的绝不是鼻涕
那是对公平正义的三尺垂涎
我心想的也绝不是姻缘红线
那是对广大同胞一丝一丝的挂念
我吃进去的也绝不是拉面
那是对道貌岸然之徒的仇怨
我苦笑的绝不是无奈与渺小的人生
那是对眼泪与正义的无情讽刺

你是这土地上的蠕虫吗

你是这土地上的蠕虫吗
深爱着周围的土壤
或一生都在苦命向前钻
你是这土地上的蠕虫吗
吃掉别人扔下的垃圾
或把自己当成礼品送给别人
你是这土地上的蠕虫吗
吃掉国家和人民的一切
或让大多数人饿着哭着
你是这土地上的蠕虫吧
你什么都没做过

孤单

一个人的孤单，总是让人一眼看穿
孤单的身影
总是那么孤单

两个人的身影，让孤单成双
虽然牵手相拥
孤单却没烟消云散

为了不孤单
三个人组成一个家，从此孤单只是
无聊却继续

圣人

传闻苦难滋长的地方
必有圣人降临
世人的痛苦他感同身受
无助打湿受难者的身伤痛他的心
每一阵叹息声都让他心情忧郁
他必定是最优柔的王子
牵挂着人民内心深处的呼喊
他必定是最善良的情圣
痴恋着每一段美丽的感情
他的心必定很宽大
载着过去的沧桑和现在的坚韧
给我一颗太阳
我将仰望天空一整天
圣人必定降临
在一个博爱的地方
我必定是那圣人
你也必定是那天使
我们注定微笑
在天空血红的早上
看，那里阳光正亮

官员与老百姓

石头堆起来百层高楼
又怎样放进来寻常人的眼光

围墙高砌
大地上的阴影漫长

要宣扬怎样的光明与正义
老百姓才从鼻子里哼出两句满意

河水长长
姑娘灿烂

官员游了遍珠江
那又怎样

我继续点我的鼠标
敲我的键盘

非理性

一个人未经风霜
就获得成功

他的眼里只有鲜花
再也装不下其他

有的人满足
有的人埋怨

一个人久经考验
依然在原地踏步

他的眼里只有困惑
再也装不下其他

有的人肥胖
有的人消瘦

梦游

四肢像轻逸的云
贴着冰冷的马路东一脚西一脚梦游

四处飞驰的汽车何时消停
不会睡的夜冻结了人心

乞丐是一份很稳定的职业
从不用担心失业
是谁把你捧得高高的
让你一门心思上大学

天上的诸神，地上的神经
是谁让这个城市夜夜像过万圣节

坠落

坐上书记的宝座
被太阳照耀得火热火红

何其火热的书记落下
一切尽在不言中

多少事，依然尘封
多少人，值得珍重

一个政要被权色放倒
又会有多少雷人在路上

人心比着输赢
生活没有一定

无语

冷漠怀了孕
生了无数个冷漠

霸道怀了孕
生了无数个霸道

趋炎附势像病毒在底层流行
从我懂事
就开始无语

再也分不清黑与白
水煮的真相
血淋淋

不织网的蜘蛛

不平的愤怒
无边的屈辱
爱在爱的回路里下跪匍匐
天空呀
眨着迷糊
彩虹是你的礼物
天黑了
雨像男人要把大地征服
不织网的蜘蛛
渴望做一头猪
没想过人生怎样才算虚度
不肯哭
也不肯认输
到头来四肢麻木
不织网的蜘蛛
没有能力捕捉猎物
想吃到美味的食物
情愿把自己送给一个屠夫

象棋

命运推我向前
虽步履维艰我亦未放弃做一只有用的兵

为了明天的阳光
我要在黑暗里忍耐
替王侯将相烧水做饭
为权贵车前马后
服务一个又一个官员

唯有死亡换得和平
那些活在棋盘上的将军们一肚子肥水
不是密谋今天要拿下敌人的车就是
明天活捉对方的马来烤了吃

这边高喊，你是恶魔走狗
那边大叫，你残杀良将世所不容
两方均各执一词
正义从来只站在优势的一方

这边的元帅，只要赢
那方的将领，不要输
两边的兵卒、大炮都在观望
战争何时完结

没有矛盾就没有战争
不去生事就相安无事
人生，最好是下一盘
和棋

膨胀

一年四季宅在幻想里
一声轻叹从棺材里爬出
春天让树叶冷
历史让生活冷
我听到一个世纪的虚荣
是否一朵花开也叫光荣
是否良心死亡也不算哀伤
还是有些人习惯了
拿自己的丑陋定义全部人的幸福
没有人视自己为上帝
你却能比老天还大
我看到每寸肌肤沾染了一个个超级细菌
这个细菌名叫膨胀

春天

春的希望
是结出满秋
诗人的希望
是被大爱带走
加油吧
诗的吟唱者
你背负青春怀揣梦想
从老远的农村来到陌生的城市
一日复一日，十年又十年
坚持在困难中发光散热
忍受外界对诗歌的忽视冷淡
你满怀信心
等待花香四溢的春天

卷五

社会百态

梦想

我在心里种下萝卜
也种下青草与湖泊

太阳是我的眼睛
我因此认清四方

有的时候，困惑
有的时候，不安
但一切的一切拦不住我
追寻梦想

人生，纵使悲欢离合
也愿
我种的萝卜
让兔子喜欢

写书

一页纸写不下愤怒
甚至整本书都不行
要装得下我的思想
得用一套丛书

生活却无诗意

常常我走路
一个人望着远方
天上有明亮的太阳
身旁也有翠绿的草原

小鸟会鸣叫
小猫会奔跑
有什么令我高兴
有什么令我烦恼

大地是一首诗
只是深爱这片土地的人越来越少
一个人望着远方
生活却无诗意

伶仃的岁月

流言和荒唐四起
血泪与雨雪齐飞

流浪的公蚁还在默默无闻一年到头埋头苦干
不知道在忙些啥为了啥又得到啥

我爱脚下这片土地

星星还在头上打瞌睡
我起床寻找一支孤独的笔
不爱明天的太阳圆又亮
只爱一只蚂蚁活得比风自在
这片土地盛产虚荣
我不说我爱脚下这片土地
你们一定不满意

鸡

应该悲惨地打鸣
鸣不平

免不了被煮
少不了被吃

命运安排它做一只鸡
它从未想过抗拒

逗号

文章写得漂亮
主要是逗号用得恰当

停顿是万物的属性
分开才能重聚

句句是金，字字是银
有逗号更懂珍惜

人生如局，岁月如棋
有逗号才懂下棋

用好棋下好局
棋，逗号，棋
局，逗号，局
一人一局，逗号，公平下棋

这里的天

这是个什么岁月
上半天刮风下雨
下半天晴空万里

树叶秋天不枯黄
冬天依然挂枝上

从不见公鸡打鸣
久不见母鸡下蛋

黄河水黄了又黄
长江水长又不长
工蜂还在眼巴巴望着蜂后
不懂得粮少蜂多

相亲

苦可化甜
甜多腻心
何必勉强
追求不属于自己的爱情

得过且过
无过心轻
何必执著
学燕子衔泥筑窝
学蜻蜓踩水过河

诗人的一天

把鞋穿在脚上
还是把脚穿进鞋里
我想了一个上午
被老板骂了一个下午

日子真是轻快
偷偷又过了一天
想想
还挺幸福

爱

写下一句爱
放下一段恨
扔掉手中刀
唱出理想万岁

别提道德
五百年前，道德就被压在了五指山
别提生活
生活就是压迫道德的五指山

更别提爱
人生处处皆相似
爱你的人没能力
有能力的人不爱你

呻吟

那天晚上
寂寞被风吹醒
一条狗左顾右盼走在斑马线上
人类的交通法则它已烂熟于心
而我，一个极可能被风吹散之人
摸黑搜寻另一种人生的可能
在被黑暗包围之所
有一个极小的东西
叫良心

文人

我是世间平凡的一员
我是你，你也是我
这可比很多人伟大
我们都是拿笔的人
都把文字当作
生命最后的一束光
以此光
照亮并温暖
这个世界

十元钱

我的阳光被按进了酒里
它寂寞着，反抗着，踢打着
这夜的黑暗
我的笔醉了
醉得哑口无言
我的心醒着
任黑夜作威作福

路边乞讨的男孩
无力地发着沉闷的叹息
他说，黑暗
一百年也不能让光明投降

我的眼睛亮了一下
闪过一丝彷徨
生活会让一切投降
这句话最终我还是摇了摇头没说

“祝你好运！”
“谢谢你的十元钱，够我吃一天的了！”
“不客气，再见。”

他不知道那是我身上仅有的十元钱